Los
animales del jardín

El monstruo
del bosque

Gemma Armengol
Òscar Julve

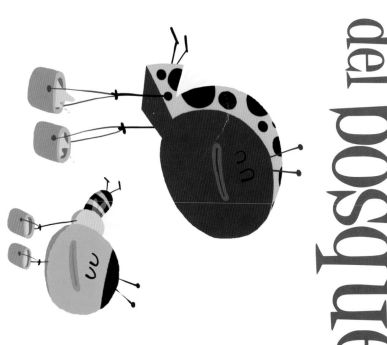

AlgaR
EDITORIAL

Es hora de levantarse y
la mariquita Antoñita bosteza
con ganas. Al abrir los ojos,
se lleva una sorpresa: hay flores
en la maceta. ¡Viva, ha llegado
la primavera!

3

Cubren el jardín flores de mil colores… ¡Qué alegría da verlo! Antoñita va recogiendo margaritas, muy contenta, cuando se encuentra con la abeja Isabel, que trabaja con las demás obreras.

6

—Vamos al bosque a buscar néctar —le dice Isabel.

—¿Es que no hay suficientes flores aquí? —pregunta Antoñita.

—A la abeja reina solo le gusta el de romero del bosque. ¿Te quieres venir?

—¡Sí, sí, sí! —dice entusiasmada la mariquita.

La mariquita Antoñita prepara su mochila en un periquete y se une al grupo. De camino, van cantando con las diferentes vocales: «Tanga, a, a, a, ana harmagata an la trapata…».

8

Al atardecer, llegan al bosque y montan el campamento bajo un árbol muy grande. Isabel le explica a Antoñita que ese árbol es un pino; sus hojas tienen forma de aguja y son perfectas para hacer las tiendas de campaña.

Después de la cena, se sientan a la luz del farolillo. Una de las abejas cuenta la historia del monstruo peludo que vive en el bosque: por las noches, sale de su madriguera para cazar animales, que se zampa enteritos.

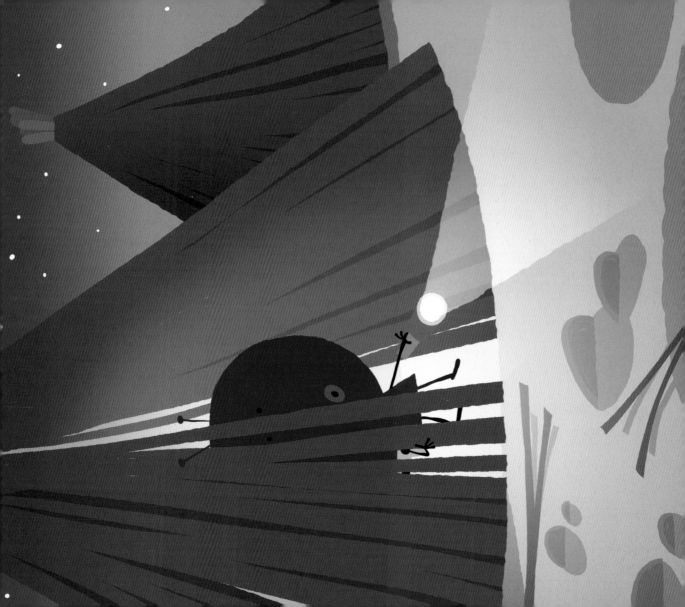

La mariquita Antoñita se va a dormir con el miedo en el cuerpo. En mitad de la noche, oye unos ruidos y, al encender la linterna, ve la sombra de una bestia peluda que ronda alrededor de la tienda.

—¡Aaah! —su grito despierta a todo el mundo.

Las abejas inspeccionan el campamento a fondo. Un rato después, encuentran un rastro sobre la broza del pinar, junto a la tienda de la mariquita Antoñita. ¿Habrá sido el monstruo del bosque?

Al día siguiente, Antoñita colabora en la recogida del néctar de romero para la reina. Además, aprovechan para coger otras plantas, como brezo o retama. Cuando vuelvan a la colmena, las abejas convertirán el néctar en miel.

Por la noche, todas se quedan despiertas
para atrapar al monstruo. La sorpresa
es mayúscula al ver a una familia
de orugas procesionarias bajando
por el pino.
—Debemos encontrar un buen lugar
para enterrarnos, así nos convertiremos
en mariposas —explica papá oruga.

21

—Ayer pasamos por aquí, pero al oír el grito de un monstruo dentro de la tienda, dimos media vuelta —añade mamá oruga.

—¡Era yo, al asustarme! —se ríe Antoñita, y le da un abrazo. Los pelos de la oruga pican, y de tanto rascarse... ¡se pone toda roja!

Título original: *El monstre del bosc*
© Gemma Armengol Morell, 2012
Traducción: Jesús Valdés Blanqued, 2012
© Dibujos: Óscar Julve Gil, 2012
© Algar Editorial
Apartado de correos 225
46600 Alzira
www.algareditorial.com
Impresión: GRAFO, SA

1ª edición: febrero, 2012
ISBN: 978-84-9845-431-4
DL: BI-199-2012